AF452830

(199-)

NOTICE

DE

DESSINS ANCIENS

ET MODERNES

DONT LA VENTE AURA LIEU

HOTEL DES COMMISSAIRES-PRISEURS

Rue Drouot, 5

Salle n° 6, au premier Étage

LE JEUDI 12 JANVIER 1865

A UNE HEURE PRÉCISE

M° **DELBERGUE-CORMONT**, Commissaire-Priseur,
rue de Provence, 8,

Assisté de **M. VIGNÈRES**, Marchand d'Estampes,
rue de la Monnaie, 13, à l'entresol; entrée rue Baillet, 1,

Chez lequel se distribue la présente Notice.

PARIS

RENOU & MAULDE

IMPRIMEURS DE LA COMPAGNIE DES COMMISSAIRES-PRISEURS

rue de Rivoli, 144.

—

1865

CONDITIONS DE LA VENTE

L'ordre de la Notice sera suivi.

Les Lots pourront être divisés.

N. B. **Cette Notice nous a été remise manuscrite.**

Elle sera faite au comptant.

Les Acquéreurs paieront CINQ POUR CENT en plus des enchères applicables aux frais.

M. VIGNÈRES, dirigeant la Vente, se charge des Commissions.

NOTA. Toute commission sans prix fixé ou sans limite déterminée sera regardée comme nulle.

M. VIGNÈRES se charge de faire marquer les prix aux Cataogues des ventes qu'il a faites. Les personnes qui le désirent peuvent s'adresser à lui *franco*.

Les Catalogues des Ventes à faire seront envoyés à toute personne qui en fera la demande *affranchie*.

AVIS. — Nous prions MM. les Amateurs éloignés de ne pas attendre au dernier jour, pour que les lettres arrivent le matin de la vente ; ils comprendront que quelques lettres peuvent se lire, mais de 20 à 50 lettres, c'est difficile.

DES DESSINS

ÉCOLES ALLEMANDE, FLAMANDE & HOLLANDAISE

1 ALBERT DURER. Burgmaer, Netscher. 3 p.

2 — Rechberger et autres. 4 dessins.

3 ASCH (Van). Kobell, Piéter, etc. 7 p.

4 ASSELYN, Schellemberg, etc. 3 paysages.

5 — Monuments, fabriques. 4 beaux dessins.

6 BÉGA et Vander Ulf. 4 dessins.

7 BOUDEWYNS. Paysages sanguine et encre de Chine. 4 dessins.

8 BREEMBERG. Paysages. 2 dessins.

9 — Paysages à la plume et encre. 2 p.

10 — Béga, Berghem. 5 dessins.

11 — Goyen, Waterlo, etc. 6 p.

12 CLOTZ. Zeeman. 2 paysages.

13 CUYP. Saftleven, Van Uden, etc. 5 p.

14 DIECKBECK. Paysage au bistre.

15 DYCK (Van). Portrait de C. Vander Geest, au crayon noir, Apôtre, à la sanguine, par Schut. 2 p.

16 — Tête et par divers. 3 dessins.

17 — Cariatides, l'Europe, l'Afrique. Crayon noir.

18 — Christ en croix — Saints Martyrs par Quelinus. 2 dessins.

19 FUGER, Preisler, Sperling. 3 dessins.

20 GOLTZIUS. Hercule, Jugement de Pâris, Jésus et la Samaritaine. 3 dessins.

21 — Apollon et Argus. A la plume sur vélin.

22 — et Sacnredam. 2 dessins.

23 HAM. Vue de Rotterdam et château du xviiᵉ siècle. 2 beaux dessins.

24 JORDAENS. Triomphe de Silène et 2 têtes, d'ap. Rubens. 3 p.

25 — Rembrandt. Enfants par de Witt et autres. 6 dessins.

26 KOENIG. Fabriques et ruines. Beau dessin à la plume, lavé de couleur, d'un effet très-vigoureux.

27 LAUTENSACK, Goltzius, etc. 4 dessins.

28 MATHAM. Sujet de chasse, à la plume, sur vélin. *Matham fecit 1630.*

29 METZU, Rubens, etc. 5 dessins.

30 — Boullongne. 2 dessins.

31 NEVE (F. de), Cuyp, Rugendas. 4 dessins.

32 OSTADE. Intérieur rustique vouté, au bistre.

33 PETERS (Jean). Vues des îles de l'Archipel, à l'aquarelle et crayons. 3 beaux dessins de la collection Mariette.

34 PHILIPPE DE CHAMPAGNE, Louterbourg, etc. 4 dessins

35 PIERRE DE LAER, Huygens, etc. 6 vues à la plume.

36 REMBRANDT. Étude de femme en bistre et deux hommes et un chien de Dietricy. 2 dessins.

37 RUBENS. Résurrection de Lazare de la collection H. Laukring, et Paysage. 2 dessins sanguine.

38 — Saint Jean l'évangéliste, Marines et paysages
    par divers. 7 dessins.
39 — Vander Verf. 2 dessins croquis.
40 RUYSDAEL, Van de Velde, etc. Paysages. 8 des-
    sins.
41 STANFIEL. Extérieur et intérieur de jardin de
    plaisance. 2 dessins à la sépia.
42 VAN DE VELDE. Marine, Ruysdael, Lievins.
    3 dessins.
43 VAN DYCK et autre. 2 dessins.
44 VAN VLIET. Paysage au bistre, Cats paysage,
    Martin pavillon rustique. 3 dessins.
45 WIRINX (Jean), 1573. Marius Curtius au bistre,
    collection Andreossi et autres. 5 dessins.
46 WOUVERMANS, Breughel, etc. 4 dessins.

ÉCOLE ITALIENNE

47 ÉCOLE ITALIENNE. Sébastien del Piombo, Can-
    tarini, Caravage, etc. 10 dessins.
48 ALBANE, d'ap. Michel-Ange, Dominiquin.
    5 p.
49 — Ferrari, dessin de la collection Richardson,
    Corrége, Mola, etc. 6 p., sujets religieux et autres.
50 — Vénus et l'Amour, Mars, Mercure, la Musique
    et la Danse. 4 p. à l'huile.
51 ANDRÉ DEL SARTE. Écuyer à la sanguine.
52 — Figures sanguine et crayon noir. 2 dessins
    de son Album.

53 — Giorgion, Campagnola. etc. 10 p., sujets et
paysages.

54 BARROCHE, Jacopo Caracci, Luino Luini, Tintoret; études de figures. 4 p.

55 — Palma et autres. 4 p.

56 — Pachecco, collection Esdaille. 3 p.

57 BARTHOLOMÉO (Fra). Présentation au temple, à
la plume et bistre.

58 BECCAFUMI, Castiglione, Luca Giordano, collection J. Dupan. 3 beaux dessins.

59 BIBIENA. Intérieur. Le Palais de l'Amour. Aquarelle.

60 CAMBIASE, Zucchero, A. Durer, Goltzius. 6 dessins.

61 CARLO DOLCI. La Madeleine dans le désert.
Pierre noire rehaussée de blanc sur papier bleu.

62 CASSOLAGNO, Julien de Parme, Tiepolo. 3 p.

63 CASTIGLIONE (B.). Jésus portant sa croix, au
bistre.

64 CAVEDONE. Sujet religieux, croquis. Cabinet du
comte de Fries. Sous verre.

65 CIRANI, Salvator Rosa. 2 dessins.

66 CORRÉGE, Carlo Dolci, etc. Sujets mythologi-
ques. 4 p.

67 — Ganzi et autres. 6 dessins.

68 — Bandinelli, Parmesan, Cipriani, etc. 12 p.

69 CORTONNE, Pelegrino, etc. 5 dessins.

70 DANIEL DE VOLTERRE. Tête de jeune fille.
Très-beau dessin à la plume.

71 DOMINIQUIN, Jules Romain, etc. 7 p., dont une
de la collection Mariette.

72 — et Pordenone. 2 dessins.

73 DONATO CRETI, Balestro. 2 dessins.

74 GUERCHIN. Jeune femme jouant du clavecin, à la sanguine. Collection Mariette.

75 — Locatelli. 2 paysages.

76 — Corrége, etc. 4 dessins.

77 GUIDE. Diane, Perin del Vaga, Tempesta. 3 p.

78 — Josephin, Piola, Titien, etc. 8 p.

79 MARATTE (C.). Croquis à la plume, lavés. 3 p.

80 MARC-ANTOINE. Gérôme Mazzuoli de la collection Dupan de Genève, Titien, Tintoret. 4 p.

81 MOLA (G.) et Vanni. 2 sujets religieux.

82 MURILLO. Sujets religieux et autres, Alonso Cano. 5 dessins.

83 PANINI. Ruines, au bistre. 2 dessins.

84 — Cantarini. 4 dessins.

85 PARMESAN. Figure de grand style, à la sanguine.

86 PASSIGNANI. P. de Cortone, B. Franco, Castiglione. 4 dessins.

87 PERUZZI (Baltasar). Bacchanale de satyres, frise, bistre rehaussé de blanc.

88 PIETRE DE CORTONE, Guerchin, André del SARTE, etc. 10 p.

89 PIOLA (Domenico). Saint Jean-Baptiste, bistre.

90 PIOMBO (Sébastien del). Etudes de mains à la plume.

91 — Études d'hommes. 2 p.

92 POLYDORE DE CARAVAGE. 3 dessins.

93 — et Rosso. 3 dessins.

94 POLYDORE DE CARAVAGE. 2 dessins au bistre pour une frise qui est au Vatican.

95 — Frise pour bas-relief, au bistre.

96 — Tête de cheval et de soldat romain, — bas-relief historique. 2 dessins au bistre relevé de blanc.

97 — Enlèvement des Sabines et autre bas-relief historique au bistre d'un effet très-vigoureux. 2 dessins.

98 — Riches fontaines monumentales, avec repentirs. 4 beaux dessins au bistre ; ont été gravés et sont accompagnés de l'écriture de l'éditeur.

99 — Figure voilée s'approchant de Diane et Endymion. Beau dessin au bistre, rehaussé de blanc.

100 — Franco, Piola, etc. 6 p.

101 PONTORME, Tintoret, Schidone, etc. 4 dessins.

102 RAPHAEL, Santi di Tito, Zucchero, etc. 6 dessins.

103 — Jules Romain et autres. 8 dessins.

104 JULES ROMAIN. La Chute des Titans. Au bistre.

105 — Corrège, C. Maratte, Casati. 4 dessins sanguine et pierre d'Italie.

106 **Ecole de Raphaël.** Jules Romain, etc. 6 dess.

107 ROOS de Tivoli. Fabriques, à la pierre d'Italie. 2 p.

108 ROSSO. Vierge de douleur. — Frise d'Amours de Polydore. 2 dessins bistre.

109 — Nativité. — Détails de sculptures. *Perin del Vaga.* 2 p. au bistre.

110 SALIMBENI, Croquis. Carlo Lotti, Mariage de la Vierge. 2 p.

111 SALIMBENI. Fabricio Chiari, Jules Romain de la col., Th. Dinsdale, Ciro Ferri de la col., Mariette et autres. 6 p. sujets religieux, etc.

112 SCHIAVONE. Sainte Famille. — *Schidone*, Diane et Endymion. — Études de têtes de *Carlo Dolci*. 3 p.

113 SCHIDONE et paysages de Palmieri. 4 p.

114 TESTA, Montegna, Abraham et l'Ange. 3 p.

115 TINTORET, Carpaccio, Schidone, Albane, Bernin, etc. 18 p.

116 — Guide, Bandinelli, etc. 4 dessins.

117 TITIEN. Allégorie à la plume.

118 — Tintoret, Ferrari, Tiepolo, Franco, etc., etc. 14 dessins.

119 — Corrège, Polydore, etc. 11 p.

120 VAGA (Perin del). Femme avec un cerf. A l'encre de Chine.

121 — Jules Romain, Palme, etc. 5 p.

122 — Études de Nymphes et Tritons. Au bistre rehaussé de blanc

123 VANNI (F.). Saint François et autre. 2 sanguines.

124 VÉRONÈSE (Paul), Cipriani, Cigoli, Louis Carrache, etc. 5 p.

125 — Venise, allégorie et autres. 3 p.

126 ZUCCHERO, Palma, An. Carrache, Michel-Ange de Caravage, etc. 5 p.

127 — Bataille, etc., et Jules Romain. 3 p.

128 **École Italienne**. Otto Venius, Panini, etc. 12 p.

129 — Sujets religieux, etc. 5 dessins.

ÉCOLE FRANÇAISE

130 **École Française**. Boucher, Nattier, Watteau, Andrieux, etc. 5 dessins.

131 **École Française**. La Bonne aventure, vieille tenant la main d'une jeune fille à laquelle elle parle. Beau dessin à plusieurs crayons, sous verre.

132 **AUDRAN**, Coypel, Poussin. 5 dessins.

133 **BENOUVILLE**. Quatre apôtres, têtes d'expression à la pierre d'Italie, beau dessin.

134 **BOISSIEU** et autres. 3 dessins.

135 **BOUCHARDON**, Lesueur, J. Vernet. 3 études d'hommes.

136 **BOUCHER**. Saint Stanislas Kosta, à la pierre d'Italie. — Croquis d'une grande composition, sanguine. 2 p.

137 — Chaumière et ses environs, pierre d'Italie.

138 — Tête de jeune fille, Intérieur, sanguine et autre. 3 dessins.

139 — Belle figure de femme nue couchée, sanguine rehaussée de blanc.

140 — Résurrection de Lazare, beau dessin à la plume et bistre. Bel effet.

141 — Jeune fille dormant, enfants, sanguine et autre. 3 jolis dessins.

142 — Paysage avec plusieurs chaumières, à la pierre d'Italie. Beau dessin.

143 BOUCHER. Académies d'hommes, sanguine et aux trois crayons. 3 beaux dessins.

144 — Compositions pour titres des Évangiles? 2 dessins à la pierre d'Italie.

145 BOYER. Jolie femme en pied, en déshabillé, crayon noir. — Homme dormant, de Jeaurat. 2 dessins.

146 CASANOVA. Le comte de Lallier en pied. —Tête de soldat. 2 beaux dessins à la sanguine.

147 CHARDIN. Le Chat et le gigot, crayon noir; Bataille de Courtois, dit Bourguignon, et autres. 9 dessins.

148 CLERISSEAU. Porte ruinée, belle aquarelle.

149 DAGUERRE. Portique à Vérone, belle aquarelle. — Rue d'une ville en Hollande, par Barbiers. — Marine de Vitringa. 3 aquarelles.

150 DAVID (L.). Tête et figure au bistre; les Fils de Noé et étude à la pierre d'Italie. 4 p.

151 DELACROIX. Une Furie, d'après Rubens, au crayon noir. — Baigneuse, aquarelle de Bonington. 2 p.

152 DELARUE. La Fête des Ours, grand nombre d'enfants; l'Automne, scène d'enfants. 2 beaux dessins, plume et bistre.

153 DEMARNE. Le Repos de midi, beau dessin lavé à l'encre de Chine et rehaussé de blanc.

154 DESFRICHES. Moreau aîné, Sabatier. 3 paysages.

155 DESRAIS. Satyres lutinant une nymphe, beau dessin au bistre. — La Danse, mine de plomb. 2 dessins.

156 DUVERGER. Marche de bestiaux.

157 EISEN. Allégorie pour titre et autre. 2 jolis dessins in-8, à l'encre de Chine.

158 FRAGONARD et Salembier, paysages. 2 p.

159 GRANDVILLE. Profil de jeune fille, à la mine de
plomb. Joli dessin.

160 GRÉGOIRE (Paul), 1788, Tour en Paris et autres,
Vues de Gênes et d'Italie. 14 dessins.

161 — Intérieur, Fête, etc. 5 dessins.

162 — Les Amants couronnés, sainte Geneviève et
autres têtes, à l'huile sur papier. 5 p.

163 **Inconnu**. Châteaux forts au bord de la mer et
paysanne en prière. 3 aquarelles.

164 LAFAGE, Lemoine, Perelle, J. Vernet. 5 dessins.

165 LAHIRE, Watteau, Lancret. 8 dessins.

166 LALLEMAND. La Pyramide de Sextus, grand
dessin à l'encre de Chine.

167 LANCRET, Pérignon et autres. 12 dessins.

168 LAVALLÉE POUSSIN. Les trois Grâces. 2 sujets
différents, à la plume et sépia.

169 LEBRUN, Fragonard et autres. 7 p.

169 bis — Lesueur et autres, sanguine, etc. 5 p.

170 — Mignard, 2 croquis, sanguine et pierre d'Italie.

171 LEMOINE, Callot, Vincent, Dahlila et Samson, etc.
8 dessins.

172 LEPAUTRE. Pyrame et Thisbé. — Vénus se mi-
rant, d'Eisen. 2 dessins.

173 — Architecture et ornements, études d'animaux
de Roos. 9 dessins.

174 LEPRINCE. Beau paysage à la sanguine.

175 — Jeune dame jouant de la mandoline près d'un
homme de condition, à l'encre de Chine, 1779.

176 LEPRINCE. Berger ramenant son troupeau, très-beau paysage, crayon noir rehaussé de blanc.

177 — Figures orientales, aquarelle; Tête de Turc, crayon noir et blanc. 2 p.

178 — Scène maritime, Figure orientale. 2 beaux dessins au bistre.

179 — Petite scène au bistre.—Ecu entouré de figures allégoriques, à la sanguine, par Moreau. 2 p.

180 LESUEUR. Saint Bruno en prière. Beau dessin à la pierre noire.

181 — Une Muse, Etude, etc. 3 dessins.

182 — Étude à la sanguine.

183 — Martyre de plusieurs saints, beau dessin lavé.

184 M. V. B. 1823. Portraits de femmes et d'hommes, aquarelles et crayon. 15 p.

185 MERIAN. Paysages a la plume lavés. 2 p.

186 MOREAU, Manglard, etc. 6 paysages.

187 — Fête de village, Saint Non, 2 paysages à la gouache, vue d'Ermenonville et autres, Leprince, Parrocel, etc. 13 dessins.

188 NATOIRE. Baigneuse, belle étude de femme, crayon noir.

189 — Vénus et l'Amour, différentes études de femmes baigneuses, tête de femme de Pater. 6 dessins crayon noir.

190 — et Boucher, 6 dessins crayons.

191 — Très-belles académies de femmes, 2 dessins, crayons et sanguine.

192 — Étude de mains. — Scène d'enfants, *de Witt*, bistre rehaussé de blanc, signé. 2 p.

193 PARROCEL, Denon, Zais, etc. 10 p.

194 PERIGNON. Château de Cœuvres (Soissonnais) où Henri IV allait voir Gabrielle d'Estrées, beau dessin à l'encre de Chine.

195 POUSSIN. Paysages avec fabrique, l'Aurore, 3 dessins, plume, lavés.

196 — La Toilette, au bistre rehaussé de blanc, beau dessin d'ap. J. Romain.

197 — Bethsabée au bain, au bistre rehaussé de blanc.

198 — Le Sueur et autres. 8 dessins.

199 — et autres. 4 dessins.

200 — Bas-relief, sujet religieux, etc. 4 p.

201 PUGET, sanguine, étude de Lesueur de la col., Th. Dinsdale et autres. 7 p.

202 RADEL, 1770. Porte de ville ruinée, aquarelle.

203 — Tombeau d'Urbain VIII. — Fragonard, Lancret, Poussin, 7 dessins et aquarelles.

204 RIGAUD. Beau portrait avec main, crayon lavé, rehaussé de blanc.

205 SAINT-AUBIN, Poussin et autres. 6 p.

206 SALEMBIER. Vases et trépieds, au bistre. 4 dess.

207 — Lepautre, ornements; Piranesi, grande composition d'architecture, à l'encre. 6 p.

208 TAUNAY. Vues de Rio-Janeiro, etc. 6 p.

209 TRÉMOLIÈRE. Tête au trois crayons.

210 DE TROY, Lafosse. 2 dessins.

211 VALENCIENNES, Lallemant. 3 paysages.

212 VINCENT, Lafosse, Nillert, etc. 11 p.

213 VOUET (S.). Les Anges apportent la croix à Jésus soutenu par sa mère, à l'encre de Chine.

214 **École Française.** Delacroix, Drouais et autres. 12 p.

215 — Auteur écrivant, beau portrait lavé de couleur; Dame de Saint-Cyr lisant, sanguine; Tête de femme poudrée et autres. 8 dessins.

216 **Fac-simile**, d'après Léonard de Vinci. 3 p.

PORTRAITS GRAVÉS

In-8°, papier format in-4°, chaque 1 fr.

Chez VIGNÈRES, marchand d'Estampes

RUE BAILLET, N° 1.

ARIOSTE, DANTE, PÉTRARQUE, TASSE.
    I Quatro poeti Italiani, Claire-voie, groupe gravé par   Hopwood.
BÉRANGER, manière noire. *Carré.*   Reynolds.
BERRY et ses enfants (duchesse de), en pied. *Carré.*   Vallot, 182
CARTOUCHE. *Claire-voie.*
CAZOTTE. *Claire-voie.*
CHODSKO. *Claire-voie.*   Hopwood.
COLET (Madame Louise). *Claire-voie*   Weber.
DUDEFFANT (Madame). *Carré.*   Forshel.
DUMAS (Alexandre). *Claire-voie.*   Dien.
DUVAL, marquis de Fontenay-Mareuil. *Ovale équarri.*   Saradin.
ÉLIE DE BEAUMONT, avocat. *Claire-voie.*   Devritz.
FORBIN (comte de). Ingres del. Rome, 1812.   Reinaud.
GRETRY, compositeur, d'après Isabey. *Ovale.*   Simon.
GUIZOT, d'après Delaroche. *Carré.*   Laugier.
HOFFMANN (E.-T.-A.). *Claire-voie.* D'après H. Dupont.   Pelée.
INGOUF jeune, graveur, d'après lui-même. *Claire-voie.*   Sisco.
LACHAMBEAUDIE (Pierre). *Claire-voie.*   Monnin.
LASNE (Michel), graveur. *Ovale équarri.*   Devritz.
LEMIERRE (A.-M.), auteur dramatique. *Ovale équarri.*
LOUIS Ier, roi de Bavière. *Claire-voie.*   Couché fils.
MAINTENON (Fr. d'Aubigné, marquise de). *Carré.*   L. Massard.
NAPOLÉON Ier, d'après Muneret. *Ovale.*   Roger.
MONTAIGNE. *Ovale.* Dessiné et gravé par   H. Dupont.
MONK (Georges). *Claire-voie.*   Roze.
PETRARCA (Francisco). *Carré.*   Bernardi.
   ——— Sa maison à Arrezzo. *Carré.*   Cattaneo.
QUESLUS, mignon d'Henri III, d'après Brebiette. *Carré.*   Bracquemoni
RAPHAEL à 15 ans, d'après lui-même. *Carré.*   Annedouche.
ROUGET DE LISLE. *Claire-voie.*   Varin.
SAINT-MARTIN, marquis de Miskou, en pied. *Carré.*   Devritz.
SAINT-SIMON (Claude-Henri, comte de). *Claire-voie.*   Perrot.
SIEYÈS (E.), d'après Bréa. *Ovale équarri.*   Huot.
SILVAIN MARÉCHAL. poëte. *Claire-voie.*   Devritz.
TALLEYRAND-PÉRIGORD, arch. de Paris. *Ovale.*
THÉROIGNE DE MÉRICOURT. *Carré.*   Devritz.
THIÉBAULT (D.-D.). *Claire-voie.*   Adlart.
TURGOT, ministre. *Ovale équarri.*   Tardieu.
VATOUT (Jean), académicien. *Claire-voie.*   Varin.
WASHINGTON (Georges) et sa fille = (Martha) 2. *Claire-voie.* Geoffroy.
WORONZOW (Michel, comte). *Ovale.*   Legros.

Renou et Maulde, Imprimeurs de la Compagnie des Commissaires-Priseurs, rue de Rivoli, 144   37209

N°s			
2	Ecole allemande 1. p.	R.	3 ..
2	1 Dessin	R.	2 50
3	Iliade	Leblanc	1
36	Rembrandt 2 p.	Leblanc	3
73	Donato	Leblanc	1 50
48	Polydore & fontaine	Leblanc	26
11	Salembeni	Varlot	4 75
129	Ecole italienne	Varlot	2
131	Bonne aventure	Varlot	?
144	Grèches	Goncourt	4 50
187	Moreau le	Goncourt	10 ..
			60 25
		5 %	3 05
			63 30